清秋集

王修斋题

王玉宝 著

山東文藝出版社

惊诧秋来红到天

王芳芳

山东为齐鲁故地。齐鲁文化实分两脉：齐重才艺，故旷放而多智；鲁贵诗书，总博雅而多礼。鲁山齐水激荡，往往孕育出兼容并蓄的复合型才人。尤其诗词文艺之道，其佼佼者，能将多种矛盾甚至对立的文化气质，浑然融为一体，采众之长而无其短，譬如刚柔并济之李清照，文武双全之辛弃疾，都有着极丰满立体的人格与多面的才华。

先贤不可追。天地灵秀之气，四散而飘于野。王玉宝先生身上也有这样奇妙的矛盾气质。其人温厚、儒雅，诗词中却有豪气、逸气，甚至带着些许的水气、野气。

温厚儒雅，来自学养，来自君子修身。豪气与逸气，则发之于个人之性情。水气、野气，却又是什么呢？是为文艺者、为墨客骚人最本质的“天性”。

王渔洋说，诗有气韵。袁枚说，诗贵性灵。汪曾祺说，作诗有诗格。何为格，不可说。打个比方，比如茨菰就比土豆的“格”高，但是到底高在哪里？不可说，说不好。

天性也不可说，但就在那里，从文字中是可以看出的，是作为一个诗人，天生的一段写诗之意兴，是将诗写出“气韵”“性灵”“格”来的必不可少的一点灵光。

这水气、野气，便是王玉宝先生诗词创作中的天然意兴、灵光点点。

当知道王玉宝先生家乡是山东梁山后，便明白这水气、野气所来有自了。八百里水泊，烟波浩渺，芦叶滩头，蓼花汀畔，皓月空凝碧，遥想当年，忠义堂上。生长于斯的孩童，自小爱水，亲水，于河汊湖荡的纵情游嬉中，与鱼蛙鸥鹭万千生灵的接触中，生命便得了水的滋润，感染了水的自由恣肆。

我记得他曾有一组《临江仙》记写彼时生涯。

其一：

忆昔少年初下水，扁舟一叶篙撑。岸柳渐远胆自生。呼哨一声响，野鸭苇蒲惊。

水草轻分寻鸟蛋，晚霞不觉褪红。水中素月忽变明。岸上人召唤，应是责怪声。

其二：

忆昔少年湖上嬉，兵分两路英雄。琼田搅乱细纹生。敌酋生擒住，庆功小舟横。

雁翎莲藕芦苇荡，男儿自幼喜兵。枝枝叶叶尽豪情。少年船头立，归舟满天星。

生动活泼，得自然之趣，有赤子之情，字里行间隐含着对故园的眷爱。这深深的眷爱，在其《梁山》一诗中，有着庄严而明晰的表白：

岱岳独尊余脉远，上苍钟秀廖儿川。
雨时森竦接罡气，晴日葱茏生紫烟。
年少启蒙忠义事，岁长习读圣贤篇。
江湖漂泊八千里，唯有梁山入梦田。

诗者，志之所之也。在心为志，发言为诗。中国有诗教的古典传统。孔老夫子说过：“诗，可以兴，可以观，可以群，可以怨。迩之事父，远之事君，多识于鸟兽草木之名。”故知诗不可滥作。与轻灵活泼的词体相比，诗，更多庄重，诗，进可立庙堂之高，退可居江湖之远。故对于创作者的要求，除了天赋之诗心、别具一格之诗眼，还更多地强调其襟抱与学识。由襟抱催发，诗品方高，有学识滋养，诗味方厚。

我与王玉宝先生只会过一面，平日隔空文字交往，他写，我读。

先写词，词风偏苏辛一脉，又自有一种烂漫天真，随处触机。后又攻诗，多为律绝，诵其诗，我的最大感受是：它不是才子的诗歌，而是继承有士大夫诗歌传统，更接近于儒者的诗歌。

为什么这样说呢？他的诗，颇得传统诗教“忠爱温厚”之旨。不在字句上斗尖新，但作者本人之性情胸怀历历可见，对吾土吾民的热爱，对乡梓的依恋，对事业的忠诚，都可以从诗中真切地感受到。个中，更跳动着时代的脉搏，飞扬着生活的情趣。

用形象化的语言来表达——若说我们从他的词作中，更多地品味到的是水气、野气，是性灵之光；气韵之美；那么，在他的诗作中，扑面而来，带给我们的，则是金风飒飒，秋色灿然。

显然诗人是爱秋天的。著作皆以“秋”为名，先有《新秋集》《金秋集》，今又有近体诗集《清秋集》。不过，与其说是诗人挚爱秋天，倒不如说，是金秋、清秋、秋风、秋色，正契合了诗人的情怀与禀性罢了。

这秋风秋色，不是“悲哉，秋之为气也！萧瑟兮草木摇落而变衰”的肃杀，却是“自古逢秋悲寂寥，我言秋日胜春朝”的一襟豪情，是“停车坐爱枫林晚，霜叶红于二月花”的无边逸兴。

翻开《清秋集》，不论记事、写景、咏史、酬人，在诗人的笔端，都显现着极明朗的色调，沉着雄健的气魄。

试读《友聚》一章：

此时当立夏，万物日相丰。
今品西洋酒，明天马拉松。

写友朋相会之趣，信笔拈来，似未经多少推敲，然读之隽永有味。“此时当立夏，万物日相丰”，笔端起，如重锤落，掀开季节华美盛大的帷幕。掀开之后，却又并不浓墨重彩、铺陈敷衍，只是举重若轻，在诸多乐事、趣事中，撷取“喝西洋酒，跑马拉松”两个场景，欣然一笔带过了——好像从季节的天空中，飞过去两只鸟的剪影，因灵动而让人印象深刻，因留白而令人回想追忆。

又如写异国游的《休斯敦四首（其二）》：

初来异国陡生疏，早起晨星廖似无。
横穿车流端自笑，立身便作逍遥图。

亦是生活海洋中随手拈得的一朵浪花，人生长胶卷中的一次随机定格，事情本身平平无奇，是诗中喷薄欲出的旷达从容态度，让这无奇小事变得熠熠生辉，变得诗意盎然，如朝阳升起，为每一棵小草都镀上了金色轮廓。

《游永泰寺》：

晚来寻古刹，余照落空阶。
僧屋明由暗，寺门关复开。
青杨岁长寿，藤柳绕和谐，
风起松前殿，泉流月下崖。

即使在这样取景幽寂的诗篇里，诗人的自我仍然是明澈的，诗中的意境是和谐、优美而愉悦的。“僧屋明由暗，寺门关复开”，枯荣相继，生生不息，领悟得此中禅意，则何处不得自在从容？

一首首读下来，如此诗心，如此诗境，是让人神清气爽的，像置身于开阔明净的秋日天空之下，远眺万山红遍，层林尽染，近赏黄花堆积，佳果纷呈。

再看这一首《中秋纪事》，写携友同游黄河入海口：

湿地风光未经年，妻儿四顾己身先。
犹言沙渚识新鹭，曾向长河问酒船。
芦荻飞花秋叶劲，雁行列阵白云悬。
驻车争拍黄须菜，惊诧秋来红到天。

诗人长年居山东东营，身处黄河入海口之滨。故诗中亦常描写此处风景，佳作频频。又如：

熊熊烈烈没拦遮，冲荡荒芜一团火。
熏染蒹葭锦绣光，映红东海浪花朵。

寻常小草，秋来红到天，如烈火腾跃，势不可挡，这样的江海奇景，这样瑰丽恣肆的秋色，几乎要颠覆我们对“秋”的传统审美认知。

要达到这样的艺术效果，除了充沛的诗性想象力，诗人本身的人格力量或俗语曰“精气神”，是起着主导作用的。

作诗如做人，意思大概就在这里。

说到这里，想起《易》云：“天行健，君子以自强不息。”《诗经》云：“瞻彼淇奥，绿竹猗猗。有匪君子，如切如磋。”人的一生，应该是不断自我修炼，自我完善的一生。君子如玉，亦需要友朋相呼，彼此切磋。作诗，也是一件无止境的事情。

诗人近十年苦心吟咏，诗集即成，嘱我为序，又嘱我定要多谈不足，多说些批评言词。精进之心志，令人感佩。然而我于诗之道，也未窥门径，不过一个“好读，不求甚解”罢了。诗之境界，岂有尽头？所谓文章本天成，妙手偶得之，大抵也是三分在人，七成在天（天赋）的事情。天赋作者已经够了，就讲讲“人力”。宋人朱熹有诗云：“半亩方塘一鉴开，天光云影共徘徊。问渠那得清如许？为有源头活水来。”作诗，尤其作古体诗，是要有源头活水的。这活水从哪里来？从中国传统文化里。中国文化博大精深，千百年滋养着一代代的学人才子，对于今天的诗人，更是用之不竭的源泉。

三坟五典、诸子百家、诗词曲赋、笔记野史，乃至小说家言……都可以是我们汲取养分的来源。不必刻意求博求广求专，但能闲处留意，凡读必有所得，自然滋生学养，学养到了，诗歌自然浑厚，隽永深长。

“行到东溪看水时，坐临孤屿发船迟。野凫眠岸有闲意，老树着花无丑枝。”春潮生时，轻舟自行，做人与作诗，都贵在积蓄与等待。一树春花盛妍，只因岁岁年年，每一缕根须都在土壤下奋发。便以宋人梅尧臣的这几句诗作为结语，作为与诗人的共勉。

2018 年 5 月于安徽合肥

王芳芳，笔名王这么，著名作家，生于二十世纪七十年代末，安徽桐城人。已出版作品《转角遇见李清照》《万物皆有伤心处》《大好河山可骑驴》《簪花的少年郎》等。

目 录

长雁排空

清风过溪

鹿鸣空谷

鹭栖沙洲

长雁排空

秋　兴

丁酉十月又逢春，
放眼九州秋色新。
沃野接云山去远，
长河入海浪来频。
忽闻雷响开新世，
又见霜寒涤旧尘。
壮丽风光千古画，
奋蹄老骥愈精神。

2017 年 10 月 21 日

秋 绪

入秋新雨洗苍穹，

去雁斜飞夕照中。

倔强白杨依旧绿，

寂寥青桂悄然红。

紫荆叶落沃肥土，

黄菊花开醉晚风。

独立残阳数鸿过，

波涛不息大江东。

2012 年 10 月 13 日

秋 意

云淡风轻碧霄远，
横飞鸿雁半空中。
桑榆霜重夕阳晚，
芦苇雪飘新月升。
应是柳枝依旧绿，
故教枫叶自今红。
白头搔短吟秋赋，
霜打黄花不惧风。

2012年10月16日

喜闻设立雄安新区

紫气森然起玉昆，
旋居淀泊养精神。
历经寒暑耐心久，
阅尽沧桑好梦频。
栈道踏歌成绝唱，
雄安昂首号长春。
沉吟呼啸京津冀，
大好河山地标新。

2017年4月15日

初　春

北疆霜雪南疆雨，

昆岳冰融大河急。

柳色遥看芳草萌，

雨声初试杏花湿。

心随鸢鹤上云霄，

人立潮头弄舟楫。

又是一年大幕开，

马蹄踏燕鬼神泣。

2014 年 3 月 3 日

致春风

水态山容一夜新，
丝条摇出万方春。
唤醒生命无声雨，
装点乾坤有色身。
老树偾张争吐绿，
新篁拔节竞吟频。
一呼一吸何当系，
踏遍青山不留尘。

2014 年 4 月 6 日

黄河记游

何当绵厚浑然流，
此水只应天上求。
挟石怀沙四季过，
男耕女织百年谋。
千山跋涉无留意，
万里奔腾着画筹。
亘古炎黄和谐梦，
闲澜入海静澜收。

2013年12月8日

游黄河口

楚楚冰清少女眸，
何时咆哮变蛟虬。
若非路远多艰阻，
应是山重少淹留。
两岸风光无尽碧，
一川景色不胜收。
文明肇始混沌处，
夏水华山永不休。

2017 年 11 月 4 日

梁　山

岱岳独尊余脉远，
上苍钟秀廖儿川。
雨时森竦接罡气，
晴日葱茏生紫烟。
年少启蒙忠义事，
岁长习读圣贤篇。
江湖漂泊八千里，
唯有梁山入梦田。

2017 年 3 月 23 日

喜闻故乡古为须句国而作

春风又绿黄河岸，

千里农家半日还。

酣耳乍闻须句国，

古亭早记小安山。

先民繁衍桑榆壮，

世代兴亡血泪潸。

浩气干云更进酒，

任它浓烈失容颜。

2016年6月1日

古济水河觅踪

济水神奇千古秀，
王屋山下是源头。
三潜莫测终归海，
四渎称尊只润州。
微澜细波真妙选，
至清远浊岂凡流。
历经千古兴亡事，
干涸无痕梦自悠。

2016年6月1日

寻访康桥

金柳撩波又暮色，

谁人伫立西风烈。

轻轻来此闻琼箫，

悄悄转身识鸾铁。

惆怅顾怜星影寒，

迷离却记情丝绝。

云衔初月露奇光，

新句百年康桥别。

2017 年 2 月 26 日

遇友人

重阳时节偶逢君，
却似金兰情意殷。
举酒三巡泪巾湿，
题诗一首茗香薰。
世缘经海难为水，
尘事巫山不再云。
心底真纯方显著，
醉中你我唱乾坤。

2010 年 10 月 10 日

七　夕

天演纤云人演性，
徘徊南浦赋闲情。
风吹新苇当年秀，
日照香荷昔日荣。
流翠绿洲栖远鹭，
泛黄旧事恋孤莺。
白头照水独搔短，
野渡无人舟自横。

2017 年 4 月 21 日

飞越昆仑

夏日乘机西岭走，
严寒森凛逼双眸。
冰川险壑空谈阔，
幽日湍云竞逐流。
千里雷霆千仞雪，
万钧风暴万缘休。
诸行天地无常道，
不老昆仑无尽头。

2011 年 3 月

飞越天山

恍惚我身虚梦幻，
天山深处本萧然。
横空凌世失形制，
血雨腥风不改弦。
冰雪祈寒凝固永，
浮云随俗顺风迁。
人生草芥何由惜，
转瞬一秋轻似烟。

2011 年 3 月

游漓江

漓水清清水墨流，
友人相约上兰舟。
眼前造化夺魂设，
船后丹青顺水浮。
侧耳奇峰听三姐，
开屏凤竹卧阿牛。
游人与我皆言醉，
桂林归来无景游。

2015年2月2日

致敬淌水崖水库建设者

淌水崖高闻已久，
今朝有幸睹尊颜。
一堤断水惊乡里，
十拱丰碑立世间。
铁洗石磨声撼地，
肩扛人拉气吞山。
心潮正合秋声壮，
圆梦路艰登可攀。

2016年9月19日

访丘吉尔庄园

庄园只合天街有，
此地因君游客稠。
气象森然彰帝业，
旌旗漫卷竞风流。
往来手杖乾坤转，
吞吐雪茄云水悠。
玉树阶庭露新绿，
湖中清影戏飞鸥。

2011 年 6 月

访莎士比亚故居

重重青芜复重重，
埃文河畔访莎翁。
寻常陋室临街立，
寂寞书房闹市冲。
戏剧奇才垂史册，
荒唐绝色演群雄。
读君自有诗千韵，
一任追思随海风。

2011 年 6 月

访诺贝尔寓所

夜幕深深深几许，
群贤兴会举觞迟。
踏歌琴室琴犹在，
品茗书房书未移。
火药惊醒霸主梦，
枭雄角力庶民悲。
默然举首敬先哲，
学问当如诺贝尔。

2011 年 6 月

访处女塔

不辞万里访风城，

石筑腰身临海萌。

新月眷怜丹凤季，

旧墙隔阻玉人情。

断肠儿女孤身去，

啼血姻缘噩梦迎。

古塔伫聆成绝忆，

千年抱愧听涛声。

2011 年 6 月

悼念世洪老师

初植嘉禾萃园绿，

曾经海燕雨中飞。

白山黑水人常忆，

烽火沧浪事屡违。

快意京华石油梦，

热肠古道烛光辉。

耄年笔力犹常健，

环顾周遭尽翠微。

2015 年 11 月 28 日

悼庆华二首

其一

乍听噩耗当讹传，
猛醒方知断金兰。
妙语向来惊四座，
清谈此际默三番。
已而东海涛无际，
此去瑶池路有寒。
入梦哀伤醒自泪，
新诗再作与谁看。

其二

霹雳晴空五月天，

文兄撒手别尘寰。

农家子弟少私欲，

数学诗章多苦艰。

文字枯肠终已爱，

嫁衣锦绣与人斓。

耕耘书海年方壮，

驾鹤西天为哪般？

2014 年 5 月 30 日

悼陆珩兄

暑热连高乱六神，

担心多日已成真。

仁兄寂寞黄泉路，

诗弟悲伤痛苦身。

辞赋珠玑君失语，

乐章金石瑟无音。

天怜君去云飞散，

世上英才少一人。

2017 年 9 月 6 日

刘公岛甲午祭

又逢甲午涌悲情，
拍岸惊涛祭正卿。
管带丹心昭日月，
战船铁血铸功名。
江山有忆伤痕在，
湖海生威恶浪平。
侧畔沉舟千帆过，
崇仁尚武世清明。

2014 年 4 月 12 日

淮安八十二烈士祭

一座丰碑冰凛冽，
直挥长剑东风偈。
眼前犹自战正酣，
耳底似闻弹尽绝。
淮水流芳慰国魂，
铁山怀恨祭英烈。
日轮昭昭常铭镌，
稻菽永香烽火灭。

2015年5月20日

野　菜

生缘荒野自然香，
一叶一枝呈瑞光。
放学归来满筐菜，
入锅盛出一家粮。
旧时苦味度穷日，
今夕佳肴进宴堂。
追忆往初神惘惑，
常餐野菜味深长。

2014 年 6 月 13 日

柳　花

轻寒仍在恋山林，
但见长堤生浅金。
无力摇风轻拂水，
有心听雨近依林。
一枝灞上别离意，
两只黄鹂鸣翠音。
本是春花无客赏，
便作飞雪乱迷心。

2018年3月27日

贺王修斋老师八十寿辰

九岁虔刀刻木章，

为求功业别三湘。

京华舒展云霄志，

学霸初荣槐树庄。

讲学教坛育桃李，

行舟墨海颂虞唐。

八旬挥得雕龙臂，

满目青山绘九光。

2016年4月29日

偕友采风

初晴丽日照残春，
与客采风芦荻新。
风絮满天轻易乱，
茅花沿路乐为银。
连天柽柳栖仙鹤，
入海长河负美人。
拍照沙鸥秀恩爱，
手机群里赞声频。

2017 年 5 月 13 日

湿地风景

放歌湿地绝红尘，

茅叶风翻频泛银。

春水观鱼骚雅客，

栈桥惊鸭浪漫人。

才知白鹳成双对，

早识鸳鸯守一身。

举酒长河情激荡，

醉乡方得性天真。

2017 年 5 月 13 日

中秋纪事

中秋时节，马慧聪先生偕家人及一干文朋诗友造访黄河口。马先生今年夏天曾来采风，故地重游，便有了向妻女夸口的得意。

湿地风光未经年，
妻儿四顾己身先。
犹言沙渚识新鹭，
曾向长河问酒船。
芦荻飞花秋叶劲，
雁行列阵白云悬。
驻车争拍黄须菜，
惊诧秋来红到天。

注：黄须菜，学名翅碱蓬，生长在海边滩涂，秋来变红。

2017 年 10 月 3 日

访友品老茶

初冬访友，老友取出珍藏的几支老茶冲泡。余见此茶，整叶卷裹，状如春卷，又似雪茄，叶片展开应如白杨树叶大小。友说，此乃采自深山千年古树，妙在整片采摘，整片炒制，冲泡色如琥珀，淳厚无比。遂饮之品之。

蜷蜷枯叶二三枝，
君说名高众见疑。
清水玉壶蟹目溅，
琼津琥珀锦鳞奇。
采寻深处千秋树，
把玩静中今日墀。
香气氤氲无可赋，
头壶入口妙如诗。

注：“蟹目”“锦鳞”指水烧开沸腾的程度。

2017 年 12 月 3 日

垂　钓

湖边杨柳断流云，
一副钓竿无限春。
便好消磨心底事，
不妨清净眼中尘。
年轻气盛争名利，
岁晚情浓带子孙。
闲处直须行欢乐，
万般寻遍念耕人。

2018年1月20日

票 友

金秋湖畔胡琴起，
谁亮高腔穿桂枝。
唱念做打票友乐，
生旦净丑晚霞诗。
着迷粉墨身犹健，
陶醉梨园心早痴。
莫道桑榆斜照晚，
退休潇洒正当时。

2018 年 1 月 23 日

贺成教六十周年

六十春秋短亦长，
滋兰树蕙历沧桑。
燕山肇始鼓鼙起，
渤海长成旌旆扬。
几代园丁抛汗水，
万千桃李竞芬芳。
风光无限轻舟过，
甲子再来更赫煌。

2015年7月29日

贺出版社三十周年

不能自己去匆匆，

独步书山向险峰。

短榻捉刀惊日月，

孤灯提笔响洪钟。

修书赓续文明事，

编撰弘扬礼乐宗。

光景万千伏案过，

回眸三十似青松。

2017 年 10 月 16 日

贺东营日报社三十周年

横空出世新闻梦，
三十弄潮艰难行。
掌控舆论扬正气，
讴歌时代发新声。
脚知寒暑眼高远，
胸有乾坤笔健宏。
万象大千争黑白，
险峰回首众山明。

2017年11月10日

冬日芦苇

暮秋时节即飞雪，
冬日大寒仍有节。
挺立风中抱团暖，
蛰居冰上干枝折。
雪来似觉自飞花，
风疾疑闻空笛咽。
惨淡一蓬披晚霞，
枯萎也作竹高洁。

2017 年 12 月 30 日

清风过溪

踏青手记

其一

踏青争早起，

染却一身红。

侧耳林深处，

谁人笑如风。

其二

柳暗平湖浅，

红多翠叶稀。

桃林本无雨，

花露湿人衣。

2017 年 4 月 7 日

踏青又记

山空啼翠鸟，

花事嫁归人。

此处虽云乐，

忙身又染尘。

2017 年 4 月 7 日

初　春

高天云气转，

冷暖树先知。

枝嫩花前发，

皮皱叶落时。

2015 年 2 月 22 日

清　明

日暮四郊冷，

清明思念频。

殷勤故乡望，

路口祭先人。

2016年4月4日

踏　青

杨柳色青青，

骑车郊外行。

不时宝马过，

笑脸破窗生。

2016 年 4 月 4 日

萃湖新雨四首

其一

萃湖春夜雨，
晨练懒人稀。
新露在枝萼，
残英恋湿衣。

其二

枝叶多鲜亮，
阶新少落英。
谁人披露水，
垂钓柳烟轻。

其三

雨住人收伞，

沉吟且独行。

偶尔斜雨急，

原是鹊虚惊。

其四

喜鹊高枝闹，

登阶落雨匀。

新林鸟欢语，

说与素心人。

2014 年 5 月 11 日

槐林新雨后

槐林新雨后，

孤岛踏诗风。

气韵花间绕，

余音归路中。

2015 年 5 月 2 日

西湖泛舟

连日有阴雨，

青蒲露湿愁。

初晴客心喜，

龙井上兰舟。

2014 年 6 月 20 日

午 后

云薄未遮日，

气濛淫气强。

蝉嘶人假寐，

摇扇度时光。

2016 年 6 月 25日

热暑二首

其一

闪电裂云空，

轻雷压绿桐。

新窗遮密雨，

闲坐盼来风。

其二

天低暑气重，

车响紫蝉消，

谁在追光影，

热浪腾赤霄。

2015 年 6 月 13 日

河　畔

青蒲绿河畔，

何物芰荷眠？

鱼动蜻蜓去，

失望三少年。

2015年6月28日

秋望二首

其一

滚滚东流水，

激扬浪不回。

怅然秋万里，

不见雁飞来。

其二

斑斓秋色里，

两岸连天紫。

恰似五峰云，

熏蒸河口美。

2012年10月

荟萃湖新修葺

歇了萃湖雨，

望中光景新，

凌波惊倒影，

信步醉骚人。

2011 年 12 月 10 日

风吹岸上枫

风吹岸上枫，

摇落一湖中。

更有夕阳好，

再添千点红。

2017 年 9 月 21 日

夜雨散步

细雨润花伞，

落英君不知。

南湖人去晚，

绰约淡如诗。

2014年10月3日

回　家

一路冰封地，

千家鞭炮声。

城乡年味近，

处处故园情。

2014 年 1 月

元宵节二首

2010年元宵节，大风雪，至晚不停，兼以雷鸣，罕见。

其一

三五元宵夜，
红笺谜语宫。
竞猜寻答案，
忘却雪随风。

其二

入夜人疑昼，
观灯雷伴行。
莫非天向早，
三五觉春生。

2010年3月1日

山　行

冬月落晖早，

夜临车马疲。

灯前山路峭，

三两客归迟。

2013 年 12 月 12 日

鳌山卫

鳌山古来墨，

三面海浮空。

今日唤归鹤，

弄潮迎好风。

2013年8月

桂林游

久慕刘三姐，

相游梦里多。

如今漓水上，

两岸尽山歌。

2015 年 2 月 2 日

阳朔榕树

榕树绿荫开，

朝阳丹凤来。

两情终相悦，

千叠对歌台。

2015年2月2日

莫干山

秀丽已如画，

又添万竿竹。

即为莫干名，

应赴剑池哭。

2013 年 8 月

凌霄花

此处未曾奇，

凭空花一枝，

本无嘉木影，

却作凌霄姿。

2017年7月3日

一枝香

生香引蜂蝶，

夏日更葱茏。

赖有君呵护，

当比众色红。

2017 年 7 月 3 日

江雨二首

其一

乌云压顶来，
闪电挟惊雷。
江上往来客，
相呼雨疾催。

其二

大雨过江频，
茫茫水作尘。
无情杨柳舞，
楼上有离人。

2017年7月14日

友 聚

此时当立夏，
万物日相丰。
今品西洋酒，
明天马拉松。

2017 年 5 月 7 日

读诗友微信

朋友传微信，

凌晨人未眠。

纷争在诗外，

失和只为钱。

2017 年 3 月 4 日

咏秋瑾

浊世恶风熏，
青锋斩翳云。
雄心试琴剑，
英烈数秋君。

2012 年 3 月 14 日

读《诱惑风》

五月黄河口，

薰薰诱惑风。

油城花烂漫，

湿地翠微生。

2017 年 4 月 22 日

为《萃园》而作

文脉传承地，

推崇理并文。

萃园星点绿，

石大更缤纷。

注：石大，指中国石油大学。

2015 年 1 月 29 日

小　溪

潺潺低处走，

顺势绕弯弓。

柔弱洗尘过，

滴微穿石功。

炎炎化为汽，

冷冷结成冰。

不歇初心梦，

终期江海融。

2014 年 5 月 7 日

九华山

腾移九九阶，

跃上玉环台。

月黑禅房静，

霜清佛殿开。

菩提树何直，

九女莲分栽。

宏愿狱空净，

众生无苦灾。

2013 年 8 月

游永泰寺

晚来寻古刹，

余照落空阶。

僧屋明由暗，

寺门关复开。

青杨岁长寿，

藤柳绕和谐，

风起松前殿，

泉流月下崖。

2013年8月

酒厂周年

开业周年祭，

琼浆十数春。

嘉宾夸好酒，

宝地出奇珍，

报纸多佳酿，

荧屏皆醉人。

品牌入口知，

品质贵创新。

2014 年 5 月 23 日

与众同事举家出游

芳径游人稀，

柳烟飞雪暖。

踏青莫道迟，

采摘犹忘返。

入座瓜蔬新，

自炊饭菜晚，

林闲童稚嬉，

欢笑随车远。

2017 年 4 月 23 日

记诗友湿地采风

诗朋汇海滨，
顿觉气弥新。
湿地非无浪，
荒原自有春。
初交鸥鹭意，
细辨荻芦身。
野店烹鱼蟹，
诗成信有神。

2017 年 5 月 26 日

送众诗友回京

客舍早餐后，
送君离绿洲。
柳绵晴雪落，
春草露珠流。
无语香车快，
有诗暖阁留。
隔林高铁响，
忽觉似初秋。

2017 年 5 月 26 日

初秋

鹿鸣空谷

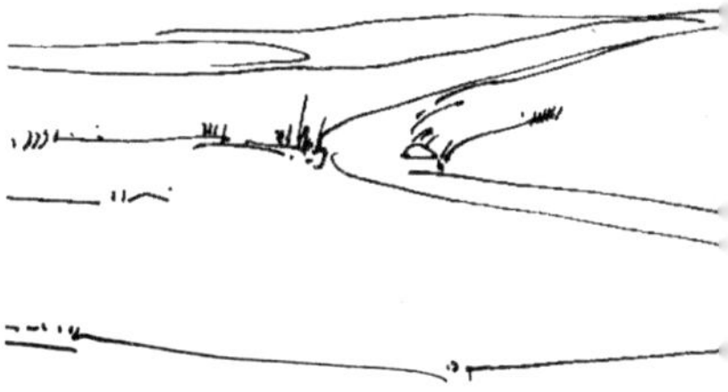

中秋纪事

中秋时节又逢君，
红蟹芦花一片真。
古道西风几杯酒，
世间最是弟兄亲。

2017 年 10 月 3 日

篝火诗会二首

其一

篝火海边秋月生，
与君牵手踏歌声。
夜深露重不知去，
野店金鸡破晓鸣。

其二

明月初生水墨天，
激情篝火梦无边。
一歌方歇一歌起，
难舍踏歌双手牵。

2017 年 9 月 29 日

新汇新句四首

其一

月到中秋有性情，
万千光景共潮生。
阴晴圆缺寻常事，
离合悲欢爱铸成。

其二

新汇天高好个秋，
诗书唱和赖天酬。
倚栏看得黄河去，
总是流光过酒楼。

其三

花间有酒月当空，
寂寞嫦娥玉兔中。
今夕与谁徒梦见，
暗香伴我立秋风。

其四

又是天凉好个秋，
欲寻新句上兰舟。
闲情戏弄月光水，
杯酒入喉销百愁。

2017 年 9 月 29 日

黄河口二首

其一

挟石裹沙千里寻，
涛歌浪舞待知音。
一经河海相逢后，
两色黄蓝醉客心。

其二

此生跋涉倦身流，
一世风光抛却后。
鸥鹭相迎听浪欢，
水流难返涛回首。

2013年12月7日

黄河入海

熊熊烈烈没拦遮，

冲荡荒芜一团火。

熏染蒹葭锦绣光，

映红东海浪花朵。

2013年12月7日

游黄河口二首

其一

携友秋观河入海，
水天一色鸟徘徊。
临风把酒邀谁饮？
忽地惊涛度鹤来。

其二

日午黄蓝正相会，
天教重雾掩行踪。
黄昏更与骚人敌，
不解诗心不起风。

2013 年 12 月 8 日

夜奔

逆道流光刺眼疼，

紧盯前尾路难行。

沿途山水有明暗，

千里归来天未明。

2013年12月12日

登鹤山

石阶竹径行诗友，

采撷秋光新雨后。

唱和山林伴鹤鸣，

临风对饮一杯酒。

2013 年 8 月

唱和鹤山

诗朋唱和步清空，
喜看秋山八九峰。
放浪形骸复青涩，
谁吟新句众人从。

2013 年 8 月

即墨采风

盛世金秋诗友乐，
吟风弄月唤飞鹤，
纵情山海沐天光，
即墨客身不寂寞。

2013 年 8 月

妙府品酒

妙府甘醇香四海，

千年遗韵在君腮。

诗人骚客今犹是，

小嫚瑶盘老酒来。

2013 年 8 月

湖　畔

无雨无风似镜新，

有风有雨亦传神。

秋寒水冷无人渡，

夏暑常多落水身。

2014 年 5 月 24 日

忆后山观灯

梁山桃杏后坡开，

谁在黄昏登古台。

皓月华灯今尽望，

一干豪气壮胸来。

2014年6月21日

夏日河口

白云荡荡复悠悠，

游艇拖犁风拂头。

四季风光君记取，

长河夏日也清幽。

2014 年 6 月 21 日

游葵园二首

垦利区黄河滩，万亩葵园一望无际，夏日雨后，好友邀聚。是日阳光明媚，万花朝日，蔚为壮观。

其一

河渚云飞五月天，
相邀诗友大河边。
花开千朵迎红日，
笔写江山锦绣篇。

其二

向日葵花万亩栽，
万秆风举万花开。
无多景色独君占，
水泽芳年知己来。

2014年6月22日

文登山

焚书已是透心寒，

何以聚贤登小山。

文事兴衰非圣意，

传承文脉赖民间。

2014 年 7 月 22 日

象鼻山

踏浪漓江豪饮久，
为何千载未抬头。
不关大象身干渴，
三姐歌声醉倒头。

2015年2月2日

骆驼峰

慢摇驼铃昂首久，

千年伫立千年后。

贪婪山水醉山歌，

忘却本该荒漠走。

2015 年 2 月 2 日

漓 江

一江碧水美于酒，
醉倒岸边青竹柳。
大象闻香头不抬，
骆驼见影脚忘走。

2015年2月2日

夏日二首

其一

青蒲泛绿炫新光，
几树斜辉伏荫凉，
渠畔小花闲问主，
初心应是为谁芳。

其二

垂杨倒影柳丝长，
连野绿蒲莺鸟藏。
拍客林中人走散，
岸边木屋活生香。

2015 年 5 月 24 日

夏日闲情

花幽香淡微风里，

翠鸟林间自顾嬉。

野径尽头人语响，

谁家拍客忘归期。

2015年5月24日

乘 凉

萃湖散步纳新凉，

暑气煮蒸荷失香。

莫听蝉声高树怨，

月光如水不冰霜。

2015 年 7 月 11 日

威海二首

其一

枕海听涛问道台，
山岚曲韵汗亲腮。
玛珈双目闻天语，
径入松林风自来。

其二

立岸耸礁磐石坚，
波涛呼啸浪相连。
长相厮磨终难弃，
轻抚细柔千万年。

2015 年 8 月 28 日

休斯敦四首

其一

街上斜阳刺眼珠，
纤云弄巧一丝无。
身边恍若风涛起，
提速车流喘气粗。

其二

初来异国陡生疏，
早起晨星廖似无。
横穿车流端自笑，
立身便作逍遥图。

其三

车行流水客闲身，
零乱标牌外语新。
唯见高天云影好，
温和恰似故乡人。

其四

一方水土一方民，
异域尝逢肥胖人。
相比他人夸窈窕，
劝君不再减肥身。

2016 年 1 月

新汇诗会

蓝镇初成临湿地，
海棠时节著风流。
丹青染亮黄河口，
诗酒醉迷鸥鹭洲。

2016 年 4 月 9 日

利津王庄林场二首

其一

俯仰之间雀开屏，
静听林海起涛声。
绿荫万顷花千亩，
谁信当年沙坝横。

其二

铁门锁关难锁风，
建场治本布奇兵。
愚公立下移山志，
断腕壮怀功业成。

2016年6月8日

途中四首

其一

几日奔波路上行，
忽逢阴雨忽随风。
轿车高铁轻胜马，
更有飞机在半空。

其二

动车恰似走游龙，
半日风光各不同。
黛瓦粉墙浮绿水，
麦苗茁壮豆苗丰。

其三

雨洗山坡路难行，
抛锚大客路中停。
杏黄时节已初夏，
半夜山中人伶仃。

其四

此身偏爱自由行，
日月山川行色匆。
偶有青杨遮望眼，
青杨过后又青茏。

2016年6月15日

临朐纪事

九山镇

险路行车十八弯，
弥河家舍尽依山。
莫非此处风光好，
入境须翻九架山。

牛寨

牛寨有名山路斜，
果香引我到农家。
停车石径诗心乐，
围住村姑买土瓜。

淌水崖二首

生在此山安此山，
誓将荒岭换容颜。
石头豆腐同刀切，
造坝精神留世间。

十拱珍珠巧夺成，
千砧万锤鬼神惊。
松涛阵阵响金鼓，
应合当年凿石声。

2016年9月19日

马套六章

其一

梦里几回来此山，
今方马套伴君闲。
诗朋文友风流聚，
痛饮倾杯醉笑颜。

其二

寒气偷侵马套湾，
三冬却道觉春颜。
空枝岭上向阳举，
风景依然十八弯。

其三

景致隔窗十八盘，
空枝斜照应迷眼。
春来相顾簪花枝，
满峪桃花喜无限。

其四

风流雅士爱风雅，
数九寒冬寻觅花。
一缕春风向人暖，
桃花峪里醉涂鸦。

其五

新舍山间迎夕照，

雁栖河水未冰时。

游心未尽回车晚，

无界棋盘君可知。

其六

清词丽曲余音绕，

著就诗书喜欲狂。

相聚放歌更纵酒，

青春作伴忘还乡。

2016 年 12 月 30 日

元宵诗会

天赐烟花地走龙，
元宵佳节喜相逢。
飞花令出诗人醉，
但觉新词响釜钟。

2016年2月11日

春江垂钓

柳聚绿云浮两岸，
春江水暖钓翁知。
等闲影断夕阳景，
水有波澜心有诗。

2017 年 3 月 17 日

放飞风筝

招展春风数纸鸢，

挣开束缚便朝天。

踌躇任尔凌霄志，

飞出高山有线牵。

2017年3月17日

江南春

烟花三月江南走，

满目新房不见畴。

闻说苏杭鱼米好，

现今却挤这多楼。

2012 年 3 月 16 日

候机二首

其一

航楼小坐待登机，
闲看神鹰争鹊起。
着陆应知速报安，
远飞谁道无风雨。

其二

归林倦鸟向华灯，
飞机起降若大鹏。
身着晚霞冲暮色，
隔窗绰约响雷腾。

2017年3月17日

初入香港

轻解衣衫暖意生，
烟花三月港城行。
葱茏满目香江绿，
最是木棉花正荣。

2017 年 3 月 17 日

胜南社区二首

其一

春到胜南处处新，
桃红梨白色熏人。
拓荒创业从前事，
和美安居享天伦。

其二

忆昔当年草木深，
不言桃李着咸尘。
如今已是繁华地，
当记辛勤播种人。

2017年3月21日

口腔医院

杏林长驻玉光华，
妙手植牙如种花。
借得春风巧裁剪，
倾心那口影星牙。

2017 年 3 月 21 日

老年站

一首长歌数年唱，
初心激励你和我。
夕阳谁道缺真情，
温暖胜南一团火。

2017 年 3 月 21 日

湖畔观柳

傍晚在学校荟萃湖散步，感觉湖畔风景以岸柳为最，得句记之。

堆云岸上秀容妆，
倒映水中情易伤。
湖畔迷痴古今客，
伤心莫过柳丝长。

2017 年 4 月 15 日

湖畔观花

赤橙青蓝黄绿紫，

高低大小各相异。

娇柔婀娜竞风流，

花事无情人有意。

2017 年 4 月 16 日

油菜花开

连天锦缎扮新娘，

油菜花开耀眼黄。

假日休闲寻好处，

扶携老幼戏花香。

2017 年 4 月 16 日

出行遇阻

阳光满眼绿荫开，
前路无端路障栽。
此路从来畅通路，
戒严应是贵宾来。

2017年4月29日

雨后赴约二首

其一

林场雨后树青青，
赴约品尝麦黄杏。
入口香甜眼露酸，
恍然意气少年景。

其二

夏日风高杏正黄，
文朋相聚意飞扬。
诗情竞逐欢心起，
丹墨更添瓜果香。

2017年6月22日

夏日湿地小景

暑天河口暑天高，

蚊子白天追客咬。

拍照娇娥竟呼急，

笑言收获大红包。

2017年7月2日

冬临湿地

朔日寒来万物摧，

生机摇落未须哀。

一生开谢本如是，

腾出时空待春雷。

2013 年 12 月 29 日

甲午冬接儿孙二首

其一

车在途中争逐快，
高空久望冻云开。
眼前燕子匆匆过，
疑是航班海外来。

其二

往昔孤鸿独往来，
今携家眷一同回，
接机千里轻胜马，
自驾谁人笑鬓衰。

2014年12月27日

深秋

鹭栖沙洲

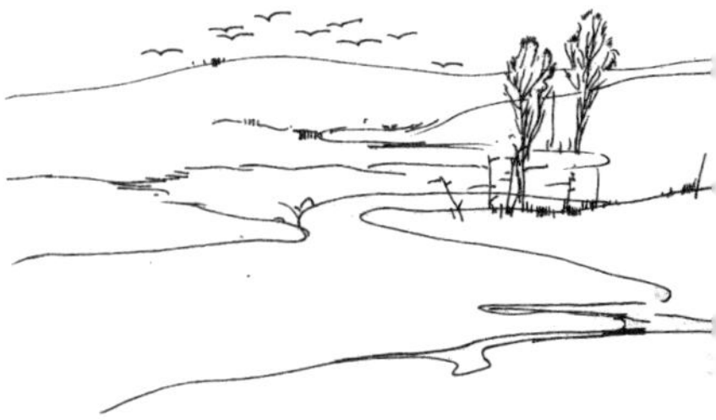

丁酉咏鸡四首

其一

新日谁啼嘶夜空，
闻声便觉将才风。
锦冠楚楚观天下，
总是清醒人睡中。

其二

华贵雍容披锦衣，
翅生温暖众雏栖。
志图多蛋邀新宠，
不逊雄鸡破晓啼。

其三

梨花柴户晓风寒，
双爪耕锄自可欢。
偷眼觅来几粒米，
便呼众友一齐餐。

其四

五更轻唱晓鸣啼，
倦翅归巢暮已迟。
当记曾无一天误，
守时诚信是人师。

2017 年 2 月 9 日

致焦桐四首

——追思焦裕禄

其一

紫花绿叶送春风，
压碱抗沙不朽功。
一树葱茏荫大地，
只缘根在土泥中。

其二

扎根泥土自从容，
清气一身枝叶丰。
镇住沙魔贫瘠去，
黄河古道又春风。

其三

男儿热血当先锋，
瘦骨病躯清白风。
沃野香禾涌喜浪，
洼洼庄稼念焦桐。

其四

抖落尘埃立净空，
斯人遗植已成城。
铁枝阔叶高风在，
树大根深豪气生。

2014 年 4 月 26 日

端午四章

其一

汨罗江流千古深，
悲天悯地一骚魂。
怀沙抱石唤人醒，
竞渡龙舟文化根。

其二

华夏东西南北中，
神州风俗各殊同。
自从屈子投江后，
端午龙舟一脉通。

其三

正道直行清白分，
竭忠尽智过留痕。
悲天悯地离骚客，
人道三闾民族魂。

其四

龙首高昂精气神，
鼓声激岸逐年新。
大江南北春潮起，
万众划船争闹春。

2014年6月2日

甲午抒怀

前车之鉴后车师，

甲午炮声犹在耳。

民族复兴须强军，

与狼共舞强为理。

2014 年 5 月 22 日

嫦娥登月

圆缺阴晴广寒深，

殷勤玉兔扫门庭。

嫦娥独步飞身往，

印我中华第一痕。

2013 年 12 月 20 日

观梨园春

2014年7月28日，是常香玉大师被国务院授予“人民艺术家”光荣称号十周年，河南电视台“梨园春”栏目组织“大师原声　高徒表演”大型纪念晚会，精选大师自20世纪50年代初的演出录音播放。又闻大师原声，字字珠玑，声声动情，令人动容，感之系之记之。

珠落金盘香玉鸣，

大师今夜又原声。

梨园魂魄春常在，

争艳斗奇正向荣。

2014年7月27日

红枫树

拼却严冬喜惠风，

一身蓬勃自葱茏。

秋深料得君当识，

鲜嫩枝梢叶半红。

2014 年 5 月 11 日

题 梅

崖畔临风冷艳抽，
寒天枉作傲霜虬。
孤芳逆势犹堪惜，
不合时宜便独愁。

2016 年 1 月 20 日

闲　云

白云每日自悠闲，

静卧浮空便是仙。

来去逍遥无牵挂，

随形变幻任风传。

2013年11月18日

烈士墓

村前弹壁印痕深，

烈士千秋墓草新。

抗战精神传今古，

和平守护有来人。

2015 年 10 月 28 日

归来

雨后未消烦热暑，
林高蝉噪伴归途。
乘车观景昏而睡，
一路风光全作无。

2017年8月

无题六首

其一

晓路排云一黛峰，
乾坤万象尽从容。
长河应是自流去，
不见霜枫已是冬。

2013 年 11 月 18 日

其二

相逢初见饮琼浆，
面热羞红欲疯狂。
若不酒重神志醉，
谁寻朽木做花郎。

2015 年 5 月 16 日

其三

何人月下独清斟，
似有瑶琴送五音。
鸿雁在天鱼在水，
知音未必结同心。

2015年8月20日

其四

甜蜜依稀手机中，
微信失语渐成空。
琵琶反弹音无序，
翻检键盘烛影红。

2015年8月23日

其五

傲雪袭人冰凌开，

一枝独秀雨频摧。

踪尘无觅谁曾记，

零落成泥待鹤来。

2016 年 1 月 18 日

其六

秋色入湖疑水浅，

慵疏柳下钓钩闲。

长亭曲径觅佳句，

飞机布云连远山。

2017 年 9 月 17 日

赠友人

宛若幽兰自有芳，

春风眷顾韵流长。

柔身雅致天怜取，

一缕清奇淡淡香。

2017 年 6 月 19 日

友 聚

米酒几壶时品温，

立春时节又逢君。

临行故作寻常别，

颜值经年俊十分。

2017 年 2 月 7 日

同学六十生日感怀四首

其一

一声啼哭入是非，
只道艰辛振翅飞。
有幸三生于石油，
六十长路无是非。

其二

人说寿星言下早，
一旬甲子风流好。
夕阳无限等朝阳，
岁到百年人不老。

其三

风风雨雨一甲子，
是是非非弹指似。
人在旅途渡俗尘，
红颜最记一知己。

其四

君公六十喜相知，
曲曲折折平也奇。
翡翠兰茗何以卜，
弟兄剩有唱酬诗。

2017年6月8日

甲午七夕

闲云千古俏今时，
一管笙箫几行诗。
鹊影九重连天堑，
牛郎织女会佳期。

2014年8月2日

梁　山

晴日葱茏青一片，

雨时迷幻水生烟。

江湖漂泊八千里，

唯有此山萦梦眠。

2017 年 3 月 23 日

三八节

三八又逢花色新，
细腰争霸看来频。
轻装素面谁人笑，
比赛拔河疯闹春。

2017 年 3 月 9 日

读　书

著书虽薄学非薄，

学问争优人品优。

抱简穷经不掠美，

寸言能立胜封侯。

2015年12月17日

窗外风景

窗外花多秀色丛，

嫣红姹紫照双瞳。

人虽爱赏有声画，

花谢花开色即空。

2017年6月5日

咖啡馆小酌

咖啡比萨落东营，

引我空闲品质升。

好友诗朋喜相聚，

浅尝欧派便言能。

2017 年 5 月 7 日

早晨阳台得句

阳台每日看车流，
来去匆匆名利求。
世上原初尘与土，
繁华起落便春秋。

2016年5月16日

初春天鹅

天鹅栖处满园春，
展翅一飞天地新。
总有长风舞长翼，
何时载我上青云。

2017 年 5 月 8 日

题 照

诗坛圣手一裙钗，
点化祥云丹桂开。
饮誉京城登凤阁，
回眸浅笑等谁来？

2017 年 5 月 9 日

湖畔二首

其一

佳人去后长椅闲，
曲港桥危欲断栏。
难辨廊亭斑驳字，
当年胜景已凋残。

其二

静坐湖边钓竿横，
精心饰饵悄无声。
并非自负称奇技，
鱼见渔翁水下惊。

2017 年 6 月 25 日

隔洋拜年

欣悉诗词学会新年聚会，想来老少咸集，雅兴遄飞，定是热闹非凡，余身在大洋彼岸只能望洋兴叹。作七言四句，聊补遗憾。

想象迎新欢乐年，

诗酣歌起舞蹁跹。

有因缺席频遥望，

举酒隔洋人影单。

2016年1月19日

落　日

暮色虚描四野清，

苍茫山郭鸟归鸣。

晚霞不舍此时去，

化作朝霞迎日升。

2014 年 10 月 21 日

叩送沈翁

惊悉沈复老师仙逝，噩耗传来，不胜悲伤，追忆缅怀，一时潸然泪下。

先生仙逝入青冥，
噩耗更比凄雨冷。
缘会忘年难再期，
焚香叩首泪人哽。

2015 年 11 月 6 日

哀悼师长

结社萃园初伴随，
春风同浴共芳菲。
园丁告老逍遥去，
唯作哀诗送鹤归。

2015 年 11 月 28 日

致出版社

横空出世艰难行，

三十风流露峥嵘。

莫道编书冷椅背，

纂修此乃大功名。

2017 年 11 月 1 日

致成人教育学院二首

其一

伴随学校因油生，
六秩园林勤力耕。
蜡烛暖灯香不尽，
芬芳四海众星明。

其二

一轮甲子一轮新，
流年不负拓荒人。
踏遍青山人未老，
枝繁叶茂正青春。

2015 年 7 月 29 日

致《萃园》

授业传道铺天路，

立校工科莫弃文。

欣喜萃园星点绿，

亮我石大满园春。

2015年1月29日

致金话筒学校

烛光温暖传薪火，

哺蕙滋兰袭古风。

高格君怀育才俊，

谁人不识话金筒。

2017 年 5 月 2 日

迎春花

轻寒抖落花初嫩，

无力摇风黄素馨。

纤指羸肩承使命，

一花引出万峰青。

2017 年 3 月 9 日

早　春

黑瓦翻新雨雪晴，

城乡四季各鲜明。

高楼华彩无眠夜，

柳笛声声唤垦耕。

2015年3月9日

初　春

岸柳初烟云水新，
庭前丝线串珠匀。
殷勤手机传流景，
红杏墙头又闹人。

2017年3月8日

春　日

细雨无声染旧林，

鹅黄浸润柳丝新。

一杯有味伴辞赋，

香茗残杯思故人。

2014 年 3 月

春 记

春弃荒原风透野，

几篷枯苇疯癫扯。

苍茫幸有采油工，

亮点橘红春意写。

2017 年 3 月 20 日

暮　春

柳烟飞絮似吹雪，
此雪已非昨日雪。
今雪乱飞人眼迷，
往常雪冷心头热。

2014 年 3 月

秋 绪

南飞大雁无留意，

芦荻雪飞心欲冬。

寂寞枯荷顶霜看，

黄花何故恋秋踪。

2012 年 1 月 5 日

秋荷二首

其一

秋雨凄凄秋意浓，
经霜无力失娇容。
铅华洗尽寒风里，
素面朝天听远钟。

其二

枯叶挣持阴雨冷，
秋风凄紧苦寒生。
容颜老去成泥土，
冬去春来又复荣。

2014 年 1 月 25 日

秋雨二首

其一

夜深听雨敲前窗，
应有琼英入地黄。
落叶殷勤衾觉冷，
晓来衣柜找秋装。

其二

无端秋雨夜敲门，
落叶有声惊梦频。
又是一年秋露早，
薄衾不暖五更身。

2017年10月10日

后　记

我非常喜爱唐诗宋词，它们所流露出来的摄人心魄的美好意境、恢宏气象、丽辞佳句，往往给我无与伦比的美感享受。在身心陶醉其中的同时，也摹写了一些长短句和格律诗，并在 2013 年将部分长短句结成《新秋集》出版（山东文艺出版社），2017 年又出结集《金秋集》（作家出版社）时，还是辑录的长短句，至于摹写的那些格律诗，一首也没敢收录，不敢轻易拿出来示人。

究其原因大概有三，其一，格律诗在唐代已经达到登峰造极的水准，加上它特有的极其严谨的平仄格律要求和极高的语言修辞艺术，都令我辈望而却步；其二，经典诗人境界太高，诗作题材太宽，经典作品太美太好，后人已经无诗可写。其三，我倒觉得，长短句其用韵较宽，且长于叙述，与诗相比较对作者的性情、学养、胸襟、气度的要求则有所不同，自我感觉填词要比作诗轻松一些，窃认为填写的一些词作要比律诗写得好一些。这便是两次结集都是只选录了词而没有选诗的主要原因。

感谢诗刊社的刘能英老师，在我投稿的过程中给予了温暖的鼓励和指导，对现在选入集子的每一首作品都做了详尽的点评和修改。感谢王芳芳老师在创作任务极其繁重的情况下写出了学术性、指导性极高的序言。正是他们的鼓励和支持，才使得这些诗作得以结集成形。按照前两个集子《新秋集》《金秋集》的取名习惯，遂取名《清秋集》。

这是我学习写作律诗的开始。这是我交出的一份作业。

得到别人尤其是名人方家的支持或者喜爱是一件非常幸福的事情。我衷心感谢帮助过我支持过我的人。我觉得，今人写古诗，和今人写新诗是一样的，都是借助于诗歌这种文体，抒怀言志，咏叹人生，不论当下的新诗还是古体诗词都是一种文体的外在形式，其内涵都是心灵写照、情感抒发，这里面，没有形式的优劣，只有驾驭形式能力的高下，表达内容的境界高低、格局大小。人们常说，唐诗宋词是我们民族传统文化中最优秀的部分，既然是最优秀的遗产，就不能仅仅作为文物去供奉，更不能因为其古老而舍弃，则应当去传承弘扬，推陈出新，犹如书法、绘画等艺术，它们的活力在于继承发扬中，包括它所表现出来的人文精神和美轮美奂的外在形式，我们每个人都是承载者，我们每个人都是传承人。借助古典诗词的神韵抒发现代人的情感，把古典精神与现代意识相统一，把古典韵律与现代生活融入一体，应该是我们努力的方向和目标。

有幸生活在充满诗情画意的新时代，将为我的诗意人生注入新鲜的无限活力，我将继续吟诵下去，继续摹写下去，争取写出好一些的作品。

作品是需要打磨的。正所谓如切如磋、如琢如磨是也。

请教方家指正。

王玉宝

2018 年 4 月于黄河入海口

图书在版编目（CIP）数据

清秋集 / 王玉宝著 . -- 济南：山东文艺出版社，2019.5

ISBN 978-7-5329-5840-5

Ⅰ . ①清… Ⅱ . ①王… Ⅲ . ①诗词－作品集－中国－当代 Ⅳ . ① I227

中国版本图书馆 CIP 数据核字 (2019) 第 059309 号

清秋集

王玉宝　著

主管单位　山东出版传媒股份有限公司
出版发行　山东文艺出版社
社　　址　山东省济南市英雄山路 189 号
邮　　编　250002
网　　址　www.sdwypress.com

读者服务　0531-82098776（总编室）
　　　　　　0531-82098775（市场营销部）
电子邮箱　sdwy@sdpress.com.cn

印　　刷　三河市嵩川印刷有限公司
开　　本　787 毫米 ×1092 毫米　1/16
印　　张　13
字　　数　60 千
版　　次　2019 年 5 月第 1 版
印　　次　2021 年 8 月第 2 次印刷
书　　号　ISBN 978-7-5329-5840-5
定　　价　39.00 元